항상

　네 편인

엄마가

항상 네 편인 엄마가

이른 아침 딸에게 쓴 응원의 메시지

초 판 1쇄 2024년 05월 08일

지은이 캐서린
펴낸이 류종렬

펴낸곳 미다스북스
본부장 임종익
편집장 이다경
책임진행 김가영, 윤가희, 이예나, 안채원, 김요섭, 임인영, 임윤정

등록 2001년 3월 21일 제2001-000040호
주소 서울시 마포구 양화로 133 서교타워 711호
전화 02) 322-7802~3
팩스 02) 6007-1845
블로그 http://blog.naver.com/midasbooks
전자주소 midasbooks@hanmail.net
페이스북 https://www.facebook.com/midasbooks425
인스타그램 https://www.instagram/midasbooks

ISBN 979-11-6910-641-2 03810

값 18,000원

미다스북스는 다음세대에게 필요한 지혜와 교양을 생각합니다.

이른 아침 딸에게 쓴 응원의 메시지

항상
네 편인
엄마가

캐서린 지음

들어가며

나는 양극성장애 F코드를 안고 있다.

어느 날 진료를 받는 내게 의사 선생님이 물으셨다.
"하고 싶은 거 있으세요?"

순간 내 머릿속은 텅 빈 채 답을 못 찾고 헤매다가 그냥 진료실을 나왔다.

집으로 돌아와서 생각하고 또 생각했다.
무얼 하고 싶은지 금방 떠오르지 않았다.
양극성장애로 인해 난 그저 하루하루 무의미하게 살아 내고 있었기에….

생각 끝에 글을 쓰고 싶은 마음을 알게 되었다.

이것이 나의 하찮은 시작이다.

1장

그 한 걸음이 중요하단다

-

2021년 04월 04일 ~ 2021년 05월 30일

§

비 갠 일요일 아침이다. 식구들이 늦잠을 자는 일요일 아침. 고요한 이 시간이 참 좋구나.
아침에 일어나면 꼭 진한 커피 한잔을 하지. 편하게 인스턴트 커피를 타지 않고, 조금 번거롭더라도 모카포트[1](Mocha pot)를 꺼내서 진한 커피를 추출하는 것을 좋아한단다.

무슨 이야기를 할까.
옛 추억부터 꺼내 볼까?

우선 머릿속에 떠오르는 것은 너와 함께 간 성가수녀원이구나.

---

1) 수증기를 이용해 원두에서 커피를 추출하는 주전자 모양의 기구.

열두 살밖에 안 된 네가 수도원 생활을 해 보고 싶다는 말에 피정²⁾은 뒤로하고 새벽부터 일어나 그 일과를 겪어 보았지. 힘들다는 말도 없이 즐거운 마음으로 해내는 너를 보며 마음이 뭉클했단다. 그때는 네가 커서 수도원에 남겠다는 말을 했지.

하지만, 훗날의 네가 어떤 모습으로 무슨 일을 할지 아직은 미정인 상태잖아.
그러니 미래에 네 모습이 달라질지라도 난 너를 응원할 거야.

요즘 중학교 2학년이라는 너의 삶에 최선을 다하는 모습이 참

---

2) 일상생활에서 벗어나 성당이나 수도원 같은 곳에 가서 조용히 자신을 살피고 기도하며 지내는 일.

항상 네 편인 엄마가

으로 보기 좋아 보인다. 흔히들 중2병을 앓는다는데 너는 그런 것도 없이 네게 주어진 학업에 열심을 내 엄마는 감동하고 있어.

네가 중2병을 앓는다고 해도 네 편이 되어 줄 자신이 있단다. 성장하면서 필요한 앓음이라면 충분히 앓고 지나가는 것이 좋다고 생각하거든.

§

조금 분주한 월요일 아침이다.
오늘도 진한 커피와 함께 너에게 글을 쓰려고 노트북을 열었
어.

어린 시절에 풍족하지 못한 가정에서 살았던 나는 할 수 있는
일이 공부밖에 없어서 열심히 공부했단다. 여기서 공부만 한
나를 자랑하려는 것이 아니야. 공부가 하기 싫어서 땡땡이치
며 놀았던 적도 있고, 성적이 오르지 않아서 학교 정원 나무에
기대어 울기도 했단다.

그리고 지금 생각해 보면, 학창 시절에 공부만 하기보다는 그
시절을 좀 더 즐겼으면 하는 후회도 들어. 지금 후회되는 것은

고등학생 때 동아리 활동도 못 하고 공부에 얽매여 있었다는 거야.

며칠 전에 네가 친구들한테서 동아리 활동을 같이 하자는 제의를 받았을 때 거절했다고 한 것이 참으로 아쉬웠단다. 아직 기회는 있으니까 그 언젠가 너도 동아리 활동을 하는 날이 오겠지.

§

벚꽃이 활짝 핀 길을 걷다가 스무 살 시절이 기억나는구나. 네 외할아버지는 걱정이 많은 분이셔서 내가 무슨 모험을 즐기려고 하면 반대부터 하셨단다. 스무 살이 된 봄날 친구 세 명을 불러내어 경주로 가자고 했더니 모두 환호성을 지르며 승낙했지.

부모님에게 경주로 간다고 말도 하지 않고 경주로 가는 버스에 올랐어. 들뜬 마음으로 경주에 도착해서는 곧바로 자전거를 빌렸지. 우리는 보문단지로 가는 길도 몰랐었어. 진짜 여행이 시작된 거야. 설레는 마음 가득 안고 모두 씽씽 자전거를 탔어.

벚꽃 흩날리는 4월, 지금 이 글을 쓰는 시점과 같구나. 길을 묻기도 하고, 이정표를 보기도 해서 우리는 보문단지에 무사히 도착했단다.

어른들이 안전상의 이유로 반대하더라도 도전과 모험을 즐겼으면 하구나. 그 시절에 용기 내지 않는다면 죽을 때까지 못 하고 죽는단다. 죽음을 앞에 두고 그때 그 일을 해 보았더라면 하는 바보 같은 후회는 하지 않았으면 한다.

§

수요일 아침은 왠지 모를 설렘이 있구나.
오늘은 바리스타 공부한 이야기를 해 볼까.

그날 너를 유치원에 보내고 단골 카페에 들어갔지. 평소대로
카푸치노를 주문하고 기다리는데, 카페 사장님이 커피 공부해
보지 않겠냐는 제안을 하셨어. 그때부터 커피 공부를 하게 되
었단다.

우선 바리스타 2급 자격증에 도전하였어. 바리스타 2급은 턱
걸이로 겨우 합격했지.
충분히 연습하지 않고 내 것으로 만들지 못한 아쉬움이 남았
던 시험이었단다. 그래서 곧바로 바리스타 1급 자격증을 향한

걸음을 내디뎠어.

바리스타 1급 실기는 원두 판별과 라떼 아트가 관건인데, 아트 실력이 부족했던 나는 또 다른 단골 카페 사장님 밑에서 라떼 아트를 배웠단다. 라떼 아트를 할 때는 아트보다는 스팀 밀크를 벨벳으로 만드는 것이 중요하단다.

라떼 아트를 연습하고 또 연습했어. 그리고 머릿속으로 시험 점수를 그려 보았어. 그것을 노트에 적었지. 시험을 치르고 합격하겠다는 느낌이 있었고, 노트에 적은 그 점수대로 합격했단다.

바라는 것이 있다면 그것을 머릿속으로 그려 보고, 노트에 적어 보라는 거야. 그 한 걸음이 중요하단다. 이루어질 거라는 확신을 가지고 생생히 꿈꾸어 보는 것이지.

§

커피를 끓이는 동안 찬장에서 소중하게 여기는 벚꽃 에디션 잔을 꺼냈단다.

찬장에 모아 두고 쓰지 않는 컵이 많아. 이제는 하나씩 꺼내서 쓰려고 해.
아끼는 컵을 꺼내면서 오늘 해 줄 이야기가 떠오르더구나.

'소중하다고 쓰지 않고 고이 모셔 두면 무슨 의미가 있을까?' 하는 생각이 든다.
살아 있을 때, 지금 이 순간 그것을 온전히 누려야 한다고 생각해. 예쁜 커피잔, 접시, 옷, 가방, 책 등등. 가진 것을 충분히 쓰고 불필요한 소비는 줄여야겠다는 다짐을 해 본다.

아침마다 글을 쓰고 있는 요즘, 참으로 행복하단다.

두려움도 있었는데, 막상 글을 쓰기 시작하니 활기도 돋고 그래.

그리고 아침 시간이 충만해져서 좋아.

§

오늘은 아침 산책을 마치고 꽃집에 들렀단다. 어제는 결혼 15주년 되는 날이었지.
그것을 기념하고 싶기도 해서 예쁜 화분 세 개를 샀단다.

마음이 울적하거나 기념하고 싶은 일이 있으면 꽃이나 화분을 산단다. 꽃을 산다는 것은 나의 마음을 돌보는 일이라 생각해.

그리고 너에게 꽃을 선물할 줄 아는 남자를 만났으면 한다. 그런 남자는 진정 여자를 소중히 대하는 사람일 거야.

§

오늘은 양양으로 여행가는 날이네. 오랜만에 떠나는 거라 설렌다.

여행하니까 너와 단둘이 떠난 경주나 전주 여행이 떠오르는구나.

너랑 처음으로 경주 여행할 때는 네가 유치원 다니는 나이였지. 어린 나이였지만 많이 걷고, 먼 거리를 이동하는 버스를 타고도 힘든 기색 없이 즐겁게 여행했던 기억이 나구나.
경주에서 머문 '독락당' 생각나지? 겨울이라 바람이 엄청 불었던 밤이었지. 그 바람 소리를 들으며 따끈한 온돌방에서 너랑 정답게 머물다 온 추억이 스쳐 지나가네. 그리고 전주에서는 한옥마을에 머물면서 작은 소품 가게 여기저기를 쏘다녔지.

여행은 또 다른 세계에 대해 눈뜨게 하고 마음을 풍요롭게 하는 그 무엇이 있지. 모험심도 강하게 하고 말이야. 여행을 떠날 수 있을 때 주저 없이 떠나길 바란다.

20대에 선배들과 간 부산 광안리, 결혼식을 앞두고 간 남해, 홀로 고독하게 떠난 강원도. 무수한 여행의 기억들이 떠오르네.

오늘 양양의 푸른 바다를 마음껏 바라보고 오자.

§

어제 간 양양 바다 풍경은 너에게 어떤 기억으로 남았을까.

양양에서 놀다가 속초까지 올라갔지. 새벽 3시에 잠들었는데 7시에 일어났어. 잘 놀다 와서 그런지 피곤하지가 않네. 집안 일 몇 개 끝낸 후 너에게 글을 써 본다.

우울증이 온 이후로 나의 일상이 참으로 소중해졌어.
쳇바퀴 도는 일상을 그냥 흘려보내지 말고 하루하루 의미 있게 보냈으면 한다.

§

월요일 아침이다. 비가 오려는지 하늘이 흐리다.

오늘은 버킷리스트에 대해 이야기할까 해. 나의 버킷리스트는 첫째, 안나푸르나 등반하기. 둘째, 산티아고 순례길 걷기. 셋째, 두오모 성당에 가기.

너무 거창하니? 너도 인생의 버킷리스트를 작성해 보렴. 당장은 아니겠지만 언젠가 반드시 이루어진다고 생각해.

지금 살고 있는 복층 집에 오기 전에 내가 말했잖아. '담요를 둘둘 싸고 있더라도 복층 집에 살아 보고 싶다'고. 끝내는 이루어졌잖니.

§

흐린 화요일이네. 흐린 날은 이불 속에서 뜨거운 감자나 먹으며 만화책을 읽으면 아주 좋은데. 오늘도 어김없이 일상생활을 해야 하네. 너는 온라인 수업을 듣고 나는 독서 모임에 나가고 말이야.

오늘은 나만의 공간에 대해 이야기하려고 해. 프랑스 사람들은 나만의 카페, 나만의 술집, 나만의 레스토랑이 있다고 하는구나.

부모님이 식물원을 하실 때는 멋진 나무 하나를 골라서 나만의 나무라 정하고 그 앞에서 놀았지. 어른이 되어서도 나만의 공간을 만들고 그곳에 자주 들락거리며 단골이 되었단다.

수원 살 때는 '비너스 카페'와 '테라 카페'가 나만의 공간이었고, 지금 용인에서는 '커스텀 커피'가 나만의 카페가 되었구나.

오늘도 나만의 카페인 커스텀 커피로 가서 독서 모임하고 올게.

§

바람이 조금 부는 햇살 좋은 오후네.

늦잠을 자 버려서 오후에 글을 쓰는구나.

음악을 틀어 놓고 주스를 한 잔 마시며 너에게 글을 쓰는 것도 나름 좋다.

나는 대학 진학을 또래 친구들보다 몇 년 늦게 했어. 고등학교 졸업 후 바로 대학으로 가서 공부하기도 싫었고, 졸업하는 1997년에는 IMF 외환위기로 대학교 등록금 할 돈도 부족한 상황이었지. 그래서 대학 진학을 조금 미루었어. 그러한 나의 결정을 부모님은 흔쾌히 받아들여 주셨단다.

집에 머무는 동안 독서를 열심히 했지. 그때 밤새워 읽은 책들이 아직도 기억나는구나.『제인 에어』,『폭풍의 언덕』,『데미안』,『생의 한가운데』등등.

그리고 비가 오는 날에는 글을 썼단다. 나의 고독과 이별의 아픔을 글로 써 두었지.
그 시간은 나를 채우는 시간이었어.

오늘 네게 전하고 싶은 말은 사람마다 삶을 살아 내는 속도가 있다는 거야. 남과 비교해서 더 빨리 나아가지 못 하는 자신을 비난할 필요가 없단다. 나만의 속도대로 살아가면 돼.

§

아침마다 글을 쓰면서 행복한 고민이 생겼구나. '오늘은 무슨 이야기를 쓰지?' 하며 생각하고 또 생각한단다. 컵을 꺼내다가, 벚꽃이 흩날리는 길을 걷다가 영감을 얻곤 하지.

나의 부모님은 전적으로 나를 믿고 응원해 주셨단다. 그런 환경에서 자라서 그런지 나도 너를 온전히 신뢰하며 친구처럼 툭 터놓는 사이이고 싶어.

네가 휴대폰을 오랫동안 하고 있어도 '언젠가는 스스로 그만하겠지.'라는 생각으로 잔소리를 꾹 참고 그냥 지나치지. 네가 스스로 절제하고 판단하는 힘을 길렀으면 하는 마음이 크단다.

§

하늘이 흐린 금요일 아침이구나. 한 주가 어찌나 빨리 지나가는지….

어제는 네가 역사 과제를 아주 열심히 하더구나. 다 끝낸 뒤 좀 쉬라고 했더니 '빡세게 하는 게 즐겁다'고 말했지. 네 말에 오늘 이 글을 써야겠다고 생각했어.

일상을 빡세게 살아가는 것도 좋지만 그렇게만 가다가는 지칠 수도 있어. 그러니 빡세게 공부를 했다면 쉬는 시간을 가지는 것이 좋아. 멍~ 때리는 시간을 갖는 거지. 우리 집에는 복층이 있고 거기에 흔들의자가 있으니 그것을 마음껏 누렸으면 한다.

요즘 엄마는 구글 회사에 관한 책을 읽고 있는데, 구글에서는 직원들이 회사를 매일 오고 싶은 곳으로 만들기 위해 회사 내에 스포츠 활동 하는 공간, 낮잠 자는 공간, 좋은 음식을 무료로 주는 식당 등을 만들었다고 해. 직원들의 복지를 위해 많은 애를 썼더구나.

그에 대한 궁극적인 목적은 창의력 발휘야. 회사라고 빡빡하게 일만 시키면 직원들의 창의력은 발휘되지 않거든. 공부도 마찬가지라고 생각해. 특히 너는 디자인 쪽으로 일을 하고 싶으니 창의력이 많이 필요할 거야. 그러니 복층에서 가끔 '하늘멍' 하는 시간을 가져 보렴.

§

신나는 토요일이다.

토요일에는 늦잠을 자도 되는데 일찍 일어났네.

오늘은 아이스커피를 한잔하고 너에게 글을 써 본다.

너는 공부나 과제를 알아서 잘하지만, 가끔 미루는 버릇이 있더구나. 해야 할 일을 먼저 해 놓고, 하고 싶은 일을 하는 건 어떨까. 즐거움을 더 많이 누리기 위해, 하고 싶은 일을 유보하는 거지.

§

어젯밤엔 라디오를 들으며 아침까지 잤단다. 한 번씩 라디오
가 좋을 때가 있네.

아침 6시에 '굿모닝 팝스'를 듣는데 학창 시절이 떠오르더구
나. 네 나이쯤 되는 중학생이었을 거야. 나에게는 욕심이 있었
단다. 친구들보다 더 잘해야지 하는 욕심. 그래서 클래식 음악
듣기와 굿모닝 팝스 듣기를 그때부터 했단다.

학창 시절 이후로도 가끔 굿모닝 팝스를 들으며 알게 된 뮤지
션은 데미안 라이스(Damien Rice)야. 또 요즘은 뮤직 어플로 많은
뮤지션들을 접하게 되었지.

음악이든 책이든 그 무엇에 빠져 보는 건 괜찮은 취미라 생각
해.

2021년 04월 19일 월

§

네가 등교하는 날이면 스케줄을 만들어 나갔다 온단다. 오늘은 수원으로 나들이 갈 거고, 내일은 독서 모임을 한 후 그림 감상하러 갈 거야.

어제 산에서 산책하는데 쓰레기들이 여기저기 있는 모습이 눈에 거슬리더구나.
그래서 다음에는 쓰레기를 줍는 '플로깅(plogging)'을 하려고 해.
플로깅은 줍는다는 의미의 스웨덴어 'plocka upp'과 느린 속도로 달린다는 뜻의 영어 'jogging'이 조합되어 만들어진 단어야. 조깅을 하는 동시에 쓰레기를 줍는 운동을 뜻하지. 이 활동은 이웃 나라 노르웨이와 핀란드를 거쳐 유럽의 여러 나라로 확산되었다고 하네.

항상 네 편인 엄마가

우리도 산이나 바닷가에 놀러 가서 플로깅을 함께 해 보자.

§

오늘은 지난번 독서 모임 끝나고 점심을 먹으러 간 '마방집'에 대해 이야기하려고 해.

마방집은 100년 전통을 이어 가고 있는 식당이란다. 정갈한 한정식을 전통 한옥 방에서 먹는 식당이야.

100년이라는 무수한 세월 동안 한 곳에서 업을 이어 가는 그 꾸준함에 박수를 치고 싶단다.

너에게도 오랫동안 꾸준히 영위할 수 있는 그 무언가가 있으면 좋겠구나.

§

어젯밤에 너랑 도란도란 이야기를 나누었지.

코로나 시대에 대처하는 나의 자세에 대해서도 한번 되돌아 보는 시간이었어. 백신을 맞는 것에 대해, 개인의 자유에 대해 너와 토론한 그 시간이 기억에 남는구나.

어제 네 외할머니와 통화했어. 어떤 일을 결정할 때는 무엇보다 자신만의 확고한 의견을 가지는 것이 중요하다고 다시금 되새기는 시간이었단다.

네 외할머니는 학교 교육도 제대로 받지 못했지만 아주 똑똑하시단다. 지금도 뉴스를 열심히 보면서 자신만의 생각을 정립하고 있었다는 사실에 한 번 더 놀랐어.

자신만의 의견 없이 이리저리 흔들리는 사람은 되지 말자.

항상 네 편인 엄마가

§

너에게 글을 쓰기 시작한 지 20일이 되었구나. 20일이 200일이 되길 바라며….

어제는 수원 지인들과도 독서 모임을 만들었지.

이렇게 소소한 모임을 만들고 리더십을 발휘한 계기는 학창 시절 영향이 컸던 것 같아. 교회학교 선생님은 소심한 나를 찬양 팀 리더로 세웠지. 그때는 하기 싫다는 말도 않고 그 자리를 감사히 받아들여 이끌어 갔단다. 그 이후로 소그룹 리더도 맡고 여러 일을 하면서 성장했어.

그때 심어진 씨앗이 잘 영글어서 나는 네가 초등학교 1학년 때

학부모 대표를 맡았고 독서 모임도 만들었단다. 독서 모임의 영향으로 모임 멤버 중 3분의 2 정도가 늦은 나이지만 대학 공부를 다시 했어. 그 3분의 2에 엄마도 속해서 공부를 마쳤지.

너도 삶을 살아가면서 리더십을 발휘해야 할 때가 올 거야. 그 때는 소심하게 뒤로 물러서지 말고 그 기회를 잡길 바란다.

글을 쓰는 동안 틀어 놓은 엠씨더맥스의 음악이 참으로 좋구나.

§

4월 마지막 주 일요일이구나.

시간이 참 빠르다. 그치? 오늘도 주말인데 새벽 6시에 일어났
어. 그러고 나서 베란다 문을 열었지. 신선한 아침 공기가 들어
오더구나. 샤워를 한 후 커피 한 잔 들고 너에게 글을 써 본다.
'무슨 이야기를 할까?' 늘 고민이네.

잠시 생각하니 스무 살에 한 아르바이트가 생각났어. 그때 여
러 아르바이트를 했지. 전단지 돌리기, 식당 서빙, 주문 전화
받기. 아르바이트하면서 돈의 귀중함을 알았단다. 전단지를
다 돌리고 집으로 오는데 발목이 시퍼렇게 멍들더구나. 저녁
밥을 먹는데 눈물이 다 나더라. 재미있는 일도 있었어. 주문 전

화 받는 일을 할 때였지. 내 목소리가 좀 귀엽잖니. 그래서인지 손님이 장난을 마구 치는 거야. 배달 올 때 목소리도 함께 가져 오라고 하더라.

이렇게 일을 해 보면 우는 날도 있지만 웃는 날도 있단다.
모두가 소중한 경험이라 생각해.

§

아직 봄인데 여름이 빨리 오려나. 조금 덥다는 느낌에 작은 탁상용 선풍기를 틀어 놓고 글을 쓴다.

요즘 읽고 있는 여행 서적에서 갑작스럽게 죽은 친구의 이야기가 나오더구나.
죽음을 예상할 수 있으면 좋을 텐데….

너는 죽음 하면 어떤 생각이 떠오르니? 두렵다고 느낄 수도 있겠지.

삶의 마지막 순간에 바다와 하늘과 별 또는 사랑하는 사람들을 마지막으로 한 번만 더 볼 수 있게 해 달라고 기도하지 마십시오. 지금 그들을 보러 가십시오.

— 엘리자베스 퀴블러 로스, 『인생 수업』

윗글에 나오듯이 마지막 순간에 후회하지 않기 위한 삶을 살아야겠다.

§

어젯밤에는 단편 소설을 한번 써 보았구나. 부족한 점이 많은 글이지만 쓰고 나니 또 다른 에너지가 솟아나는 걸 느꼈단다.

책 읽기도 이와 비슷하단다. 만약 과학자라면 철학책을 읽어야 한다고 하더구나. 무엇이든 자신의 경계를 허물어뜨리는 과감한 도전을 하는 것이 중요하지. 나도 『이기적 유전자』라는 서적을 읽어 볼까 해.

오늘 날씨는 약간 흐리구나.
그래도 힘차게 보내자.

§

생일 선물로 네 아빠가 CD 플레이어를 선물했더구나. 라디오에 블루투스 기능까지 있는 플레이어야. 가장 듣고 싶었던 엑스-재팬(X-Japan)과 아반타지아(Avantasia) CD를 바로 실행했지.

저녁에는 은은한 조명을 켜고 너와 함께 클래식 음악을 듣는 시간도 가졌지. 어릴 적부터 예술의 전당을 다녀서일까. 네가 대중음악보다 클래식을 더 좋아하는 거 같아 내심 기쁘단다.

오늘 아침에도 눈뜨자마자 클래식 음악이 나오는 라디오를 켰어. 바흐의 <샤콘느>가 아주 긴 시간 동안 연주되더구나. 연주 시간이 긴 음악은 사색을 오랫동안 할 수 있기에 긴 시간 생각에 골몰하고 싶을 때 들으면 좋단다. 나중에 기회가 되면 비탈리의 <샤콘느>도 들어 보렴. <샤콘느> 이야기를 하니 <파사칼리아>가 생각이 나네. 이 음악은『데미안』에서 언급되어 나오지.

> 우울할 때면 나는 피스토리우스에게 북스테후데의 파사칼리아를 연주해 달라고 청했다.
>
> — 헤르만 헤세,『데미안』

독서 모임에서『데미안』을 읽고 북스테후데의 <파사칼리아>를 들었단다. 그때 이 음악에 매료되었어.

오늘은 음악 이야기를 많이 했네.
네 삶이 음악처럼 되길 바라며….

§

4월 초가 엊그제 같았는데 벌써 말일을 향해 가고 있구나.

어제는 네 큰엄마의 생일 축하 영상을 아주 멋지게 만들더구나. 프로크리에이트(Procreate)라는 어플을 사용하는 네가 멋져 보였어.

사용할 것이 있으면 유용하게 사용하는 거야. 안방에 있는 욕실 있지, 거길 잘 이용하지 않았더니 곰팡이가 펴 있더구나. 그래서 이제는 안방 욕실을 자주 가 보려 해.
대구에서 아버님과 어머님이 올라오신다고 하네.
기쁜 마음으로 잘 대접해야겠다.

§

대구에서 아버님, 어머님이 오시는 날이어서 아침부터 부지런을 떨었네. 새벽 배송으로 오는 마켓컬리 상자를 열어 정리하고 쓸 접시들을 꺼내서 씻어 두었어. 그러고 나서 커피 한잔을 하며 너에게 글을 써 본다.

나는 어린 시절에 손님들이 너무 많이 와서 손님 오는 걸 싫어하기도 했단다. 하지만 그때 부모님이 손님 대접하는 걸 지켜보면서 '손님 대접하는 손길은 이래야 한다'는 생각이 정립되었던 거 같아.

오늘 손님에 대한 이야기를 쓰다 보니 수원에서 있었던 일이 떠오르는구나. 네가 초등학교 1학년이었을 때 손님들이 자주

왔었단다. 손님들을 초대해서 와인 파티를 하고, 생두를 도자기로 볶아서 핸드 드립해 주는 등, 다양하게 손님들을 대접한 기억이 떠오르네. 수원 지인들은 그때의 추억들을 회상하며 이야기한단다.

§

비 내리는 토요일 아침이구나.

4월 30일 오후 4시 30분 너에게서 깜짝 이벤트가 메시지로 도착했지. 웃음 터지는 동영상을 아주 잘 만들었더구나. 네 아빠랑 함께 만든 그 영상은 영원히 잊지 못할 거야. 어젯밤엔 아버님, 어머님도 함께 축하해 주셔서 마음이 따스한 생일날이었단다.

오늘은 청계천으로 나들이도 가고 세빛둥둥섬으로 가서 맛난 것도 먹고 오자.

§

글쓰기를 시작한 요즘은 새벽 6시 언저리에서 눈이 떠지네. 단정하게 머리를 묶고 세수를 한 후 커피 한 잔을 마시며 글을 써본다.

어제 나들이는 참 좋은 추억이 되었구나. 한강 선상 위에서 치킨도 먹고 세빛섬으로 가서 저녁을 먹으며 한강을 하염없이 바라보는 좋은 시간이었단다. 난생처음 온라인 예약도 해 보고 좋은 경험이었다고 생각해.

어젯밤엔 지난번 수원 갔다 온 날 생긴 티눈이 빠졌지. 티눈 때문에 걸을 때마다 불편했고 언제 빠질까 하며 전전긍긍했는데 어느 날 생각지도 못한 시간에 스르르 빠지다니….

시간이 흐르면 자연스레 문제가 해결된다는 걸 다시금 느꼈어.

그리고 지난밤 너랑 나눈 대화에서 '생각'의 중요함을 되새겨 본다. 우리의 인생은 내가 생각하는 대로 흘러간단다. 그러니 좋은 생각을 품어야 하지.

에모토 마사루의 『물은 답을 알고 있다』에서 물을 갖고 실험을 하지. 물에다가 좋은 말을 해 준 경우와 나쁜 말을 해 준 경우 그 결정체가 어떻게 되는지 보여 주는 책이란다. 좋은 말을 해 준 물의 결정체는 참으로 아름다운데 '망할 놈'이라고 한 물의 결정체는 찌그러졌더구나.

우리 몸은 60~70%가 물로 이루어져 있다고 해. 그러니 좋은 말을 하고 좋은 생각을 해야 한단다. 나도 너에게 잔소리나 악담을 하기보다는 좋은 말을 해 주려고 애를 쓴단다.

오늘은 아버님, 어머님이 대구로 내려가시는 날이네.
점심으로 맛난 들기름 막국수를 해 드려야겠다.

§

월요일 아침이다.
여러 가지 집안일들이 잔뜩 쌓여 있지만 여유를 갖고 차근히
하려고 해.

우선은 제일 좋아하는 음악을 틀었어. 유준상 님과 이준화 님
이 유럽 여행을 하면서 스케치한 풍경을 선율로 만든 <헤르만
헤세도 이 바람을 느꼈겠구나>라는 곡이야.

코로나 시대가 오래 연장되면서 여행에 대한 갈증은 더해 가
는구나.
그래서 요즘 부쩍 여행 서적을 읽고 여행하며 만든 음악을 더
찾는 거 같아.

여행 하니까 네가 초등학교 1학년 때 떠난 제주도 여행이 문득 떠오르는구나.

우리가 묵었던 호텔 기억나? 표선 해비치 호텔이었지. 아침에 너와 수영도 하고 저녁엔 칵테일 바에서 칵테일도 한잔하고. 넌 옆에서 휴대폰을 만지작거리며 놀았지만. 그리고 호텔 룸에서 영화를 봤던 기억이 스치네. 그때 갔던 김녕미로공원, 사려니숲, 함덕해변, 키티하우스 등등. 많은 추억이 머릿속을 지나간다.

글을 쓰다 보니 음악이 멈추었네. 이제 라디오로 전환했어. FM 93.1 채널은 하루 종일 클래식 음악이 나와서 좋더구나. 이제 집안일을 하나씩 해 볼까 해.

§

CD 플레이어가 생기고 나서 음반 모으는 재미에 빠져 있어.
<Minor Swing>이 수록된 에디 히긴스(Eddie Higgins)의 음반과
우리나라 재즈 보컬 뮤지션 혜원 님의 음반이 왔구나.

나는 책도 음악도 편협함 없이 여러 장르를 넘나들고 있단다.
어떤 날은 인디 음악을, 흐린 날엔 재즈를, 어스름이 깔리는 저
녁엔 클래식을 듣곤 하지. 반찬을 골고루 먹어야 하듯 우리의
영혼을 위해서도 책과 음악을 편협함 없이 누렸으면 해.

오늘은 어린이날이네.
집에서 맛난 음식 먹고 즐겁게 보내자꾸나.

2021년 05월 06일 목

§

이제 절기상 입하네.

작년 여름엔 다이어트를 성공했지. 그때는 코로나로 집안에만 갇혀서 우울했잖니. 그래서 그 우울을 타파하고자 운동도 하고 1일 1식 하며 다이어트를 했지. 8kg을 뺐더니 자신감이 생기더라. 옷도 한 치수 작게 입을 수 있었지.

그때 '확찐자'라는 말이 유행했었잖아. 그 말도 듣기 싫었고 시대 흐름을 뛰어넘는 무언가를 하고 싶었어.

위기나 어려움이 닥쳤을 때 거기에 휩쓸리는 자가 있는가 하면 그 시기를 뛰어넘는 자가 있단다. 코로나로 자영업이 어려

워서 문을 닫는 가게가 많았던 반면, 다시 새롭게 가게를 오픈
하는 사람도 많았다고 하더구나.

§

신나는 금요일이다.

최근에는 불금이라는 단어가 유행하고 있지. 하지만 코로나가
오고 나서 불금도 못 즐기는 시대가 되었구나.

학창 시절엔 친구네 집에서 공부하다가 이야기 나누며 밤을
홀딱 새기도 하고 크리스마스 전날 선배들과 하얀 밤을 보낸
적도 있단다. 또 두꺼운 고전 문학을 읽다가 아침이 밝아 온 적
도 있었지. 어른이 되어서는 밤새워 정리를 하기도 하고 대학
공부를 한 시기에는 밤새 리포트를 쓰기도 했지.

너도 어떤 일에 몰두하여 한 번쯤 밤을 새워 보렴.

§

오늘은 어버이날이네. 어버이날 네가 써 준 편지가 떠오른다.

네 아빠는 나를 '괴물'이라는 별명으로 놀리곤 한단다. 그렇게 부르는 걸 못마땅하게 여겼는데 네가 유희적으로 '괴물은 예쁘다'로 써 주어서 아주 크게 웃었던 기억이 나구나. 그 편지가 좋아서 아직까지 간직하고 있단다.

요즘 수행평가 준비로 마음이 분주하고 무겁지? 특히, 영어 작문이 가장 힘들 거라 생각해.
'다 해낼 수 있을까?'라는 생각이 드는 과제도 한 걸음씩 나아가다 보면 결국 마무리 단계에 이르러 있단다.
오늘부터 그 한 걸음을 내딛는 거야.

§

화창한 일요일 아침이다. 며칠 황사로 하늘이 흐리더니 오늘은 아주 맑은 날이네. 그래서 얼음 동동 띄운 커피를 한 잔 마시는 중이야. 글감이 떠오르지 않아서 진한 커피 한 잔을 더 내렸어.

내일부터는 등교하는 날이네. 네가 등교하는 날에는 혼자 점심을 먹어야 하지. 하지만 나는 예쁜 접시에 음식을 담아서 한 상 멋지게 차려서 먹을 거야.

2021년 05월 10일 월

§

비 내리는 월요일 아침이다.

내리는 비와 키스 자렛(Keith Jarrett)의 피아노 소리가 참 잘 어울린다.

너에게 쓰는 글이 9페이지가 넘어가네. 한 페이지 완성할 때마다 인쇄를 해서 파일에 넣어 둔단다. 오늘도 인쇄를 해서 파일에 넣기 위해 복층에 올라갔지.

복층에는 너의 공간과 나의 공간이 있지. 나는 집 안이 반듯하게 정리되어 있는 걸 좋아하는데, 너의 공간이 약간 어질러져 있더구나. 예전 같으면 어질러진 걸 못 참고 깔끔하게 정리를 하고 내려왔을 텐데 오늘은 그냥 내려왔단다.

요즘 와서 네게 약간 미안한 것이, 네가 어릴 적에 장난감을 흩뜨려 놓고 놀았을 때 그걸 이해하지 못하고 정리를 마구 해 댔던 거야.

지금부터라도 중학생이 된 너에게 맞추어 볼게.

§

너를 등교시키고 집에만 있으면 잠만 잘 거 같아서 동네에 있는 카페로 가 소설책을 읽었어.

요즘 읽고 있는 책은 레이철 조이스의 『뮤직숍』이라는 책이야. 책에 나오는 주인공인 프랭크는 LP 음반만 취급하는 가게를 운영해. 프랭크는 가게에 오는 손님들의 상황에 맞게 음반을 골라 주고 청음실에서 듣게 하지.

이 부분에서 번뜩이는 아이디어가 떠올랐어. 훗날 커피 가게를 할 때 원두를 종류별로 갖추어서 손님의 상황에 맞게 원두를 골라 주는 서비스를 해야겠다고 생각했단다. 샘플 원두를 작은 병에 담아서 향을 맡게 하고 그날의 기분이나 날씨에 따라 원두를 선택하게 하는 거지.

그리고 커피 가게의 배경 음악도 매일 색다르게 나오게 할 거야. 어느 날은 재즈가 어떤 날엔 인디 음악이 흐르게 하는 거지.

오늘은 교과연계 진로 체험을 하는 날이지? 부채에 멋진 시를 써 오리라 기대할게.

§

이형기 시인의 「낙화」를 부채에다가 아주 멋지게 써 왔더구나.

"분분한 낙화 / 결별이 이룩하는 축복에 싸여" 이 시처럼 사랑하다가 이별의 순간이 왔을 때도 서로를 축복하길 바란다.

평생을 함께해도 좋을 사람을 만나기 위해서는 많은 이별을 해 봐야 해. 엄마도 이별한 후 이별의 아픔을 노트에 적었지. 그 순간의 감정을 남겨 두고 싶었어. 그때 기록한 글을 읽어 봐야겠구나.

오늘은 '통일 문예 포스터'를 하는 날이네.
몇 주 전부터 준비했으니 잘할 수 있을 거야.

§

어제는 어디 안 나가고 집에만 있고 싶었지. 그래서 하루 종일 음악을 들으면서 뜨개질했단다.

어제 <강릉에서>라는 음악을 듣는데 강릉 여행이 떠오르더구나. 네가 초등학교 1학년 때랑 4학년 때 강릉 여행을 했었지.

몇 년 전부터 생각한 건데, 강릉에 세컨 하우스를 하나 짓고 싶어.
<내 아내의 모든 것>이라는 영화 덕분에 강릉의 매력에 푹 빠졌었지. 순긋해변, 보헤미안 커피, 테라로사, 하슬라 뮤지엄 등. 강릉에는 가고 싶은 곳이 많지.

지금 우리 집 배경으로 흐르는 에드 시런(Ed Sheeran)의 음악이
좋구나.

§

레이첼 야마가타(Rachael Yamagata)의 음악이 흐르고 있어.

요즘은 집에 머물면서 음악 감상하며 지내는 날이 참으로 좋아. '이것이 행복이구나.'라는 생각을 많이 하게 돼.

아, 그리고 좀 전에 네게 주려고 깜짝선물을 주문하였단다. 네게 줄 선물을 살 때 가장 행복해. 선물을 받고 엄청 좋아하는 모습을 보는 게 얼마나 좋은지.

이번 주는 영어 수행평가 준비로 힘들었지? 처음엔 외워도 외워지지 않아서 네가 많이 속상해하는 모습이 안쓰러웠어. 그래서 이렇게 깜짝 선물을 준비하였지.

나도 마음이 무척 상했을 때 자라(ZARA)에서 쇼핑하며 마음을
풀었단다.

§

아이스커피랑 헤일리 로렌(Halie Loren)의 곡이 잘 어울리는 토요
일 아침이구나.

어제는 독서 모임을 '장욱진 고택'에서 했단다.

몇 년 전 봄날, 우리 함께 고택에 갔었잖아. 고택 마당에 수선
화가 흐드러지게 피어 있는 모습이 아름다운 날이었지. 고택
에서는 걸쭉한 대추차를 마시는 것이 좋단다. 어제도 대추차
를 주문하고 새 소리, 클래식 음악 소리를 들으며 책을 읽었어.

독서 모임이 끝난 후, 고택을 둘러보았지. 한옥도 있고, 양옥도
있는 고택을 보며 나도 이런 집을 지어 보고 싶다는 마음이 들

었단다. 한 곳에서 긴 시간 동안 삶을 영위하는 것에 대해서도
생각해 보고 말이야.

§

비가 내리는 일요일 아침이네. 비 오는 날 듣는 인디 음악이 참 좋구나.
위시모닝의 <Two lonely people>, 로쿠의 <I like you>, 램씨의 <By love>와 같은 음악은 감성을 충만하게 해 주지.

무라카미 하루키도 음악 듣는 걸 좋아하지. 그의 책 속에는 많은 음악이 들어 있단다.
이 글 속에도 수많은 음악이 들어가 있구나.

§

월요일. 또 다른 한 주가 시작되었구나.

주말에 아버님 팔순 때 입을 옷을 쇼핑했지. 적당한 가격에 질
감도 괜찮은 옷을 발견해서 기쁘더구나. 올해는 옷을 안 사겠
다고 다짐했는데 불가피하게 옷을 사게 되었네.

서서히 소유를 줄이고 있는 것으로 만족하며 살아가고 싶구나.
우리 소박하고 단순하게 살아가 보자.

갑자기 물건 줄이는 것이 잘 안될 수도 있어. 서서히 해 보는
거야. 어린 시절에 충분히 갖고 놀았던 물건부터 안녕~ 해 보
는 거지.

§

안개가 자욱한 화요일이다.

오늘은 수원으로 가서 독서 모임 하는 날이야. 수원 지인들과는 오랜만에 하는 독서 모임이라 설렌다.

작년에 레이스 달린 예쁜 속옷을 샀지.
그때 네가 그랬어. '보이지도 않는 속옷에 왜 그리 신경 쓰냐'고.
나의 생각은 이렇단다. 여자는 보이지 않는 곳이라도 신경 써야 한다고.

이왕 여자로 사는 거 예쁜 속옷 입고, 가끔씩 롱 드레스도 입고 살아가자.

핑크색 하이힐에 핫핑크 립스틱을 발라도 좋겠다.

2021년 05월 19일 수

§

오늘은 석탄일이라 늦잠을 잤네. 음악을 켜고 커피를 한 잔 마시며 글을 써 본다.

어제 독서 모임 다 하고 밥 먹으면서 6월 초에 광교산으로 등산하러 가자는 이야기를 했어.

등산 하니 너와 함께 눈이 펑펑 내린 날 광교산을 오른 기억이 나네. 그때 네 나이가 다섯 살쯤 되었을 거야. 눈이 내린 미끄러운 길을 불평도 없이 잘도 걸었지. 오르락내리락하는 길을 걷고 나니 끝내 네 발뒤꿈치가 까졌더구나. 약국으로 달려가서 연고와 밴드를 사서 붙여 주었지.

그렇게 고생을 한 등산이라 기억에 많이 남았지? 그 이후로 좀 편한 길로 등산했을 때 네가 그러더라. "이게 무슨 등산이야?" 라고. 첫 등산을 힘들게 했더니 완만한 등산길은 너무 쉬웠던 거지.

우리 또 시간 내서 등산하자.

§

비가 오려는지 하늘이 흐리구나.

어제 오후에 너와 함께 메가박스로 가서 <노매드랜드>를 봤지.

영화 전반적인 분위기가 잔잔해서 지루할 수도 있었는데 많은 생각을 하게 하는 영화였어.
우선 좋은 집에서 살아가는 것에 대해 감사했어.

그리고 불필요한 물건은 계속해서 정리하며 살아야겠구나, 하는 생각.
또 내가 저런 상황에 놓였을 때 '잘 살아갈 수 있을까?' 하는 고민과 독립적으로 살 수 있는 힘을 길러야겠다는 다짐을 했어.

§

한 주가 정말 빠르게 지나가는구나. 벌써 금요일이라니.

좋아하는 뮤지션의 CD 음반을 꺼내 본다. 델리스파이스, 소규모 아카시아 밴드 등등.

우울증이 심각하게 왔을 때 유일하게 한 일이 뮤직 어플로 음악을 듣는 것이었지. 그때 이후로 음악의 폭이 넓어졌어. 가장 많이 접한 음악은 인디 음악이고 그 외에 팝, 재즈, 록, 제이팝까지 섭렵하였단다.

그때 음악이 있었기에 우울증을 잘 이겨 낼 수 있었어.

오늘은 아버님 생신으로 대구 내려가는 날이네.

즐겁게 지내고 오자.

항상 네 편인 엄마가

§

집에서 진한 에스프레소를 내려 먹는 이 시간이 참 좋구나. 글
이 써지지 않아서 아이스커피를 두 잔째 마시고 있어.

스키니쥬의 <#1> 음악이 흐르다가 이제는 자이온(Xion)의 <그
댈 보내고> 음악이 나오는구나.

나름의 색깔을 가지고 있는 음악이라 참으로 매력이 있어. 듣
고 또 들어도 질리지 않아.

§

비가 살짝 내리는 아침이구나.

어릴 적에는 비 오는 날에 감자를 삶아 먹거나 김치부침개를
해서 먹었어. 그리고 따스한 방에서 책을 읽었지.

특히 한옥집에 살 때는 빗소리가 아주 멋지게 들렸단다.

그래서 네가 동화책을 읽을 나이였을 때 '비'에 관한 동화책을
많이 사 주었던 거야.
또 나의 뮤직 어플에도 비에 관한 음악이 많단다.

§

너와 함께 립스틱 모으는 재미가 쏠쏠하구나.

네 덕분에 립스틱 브랜드도 많이 알게 되었어. '롬앤(rom&nd)', '페리페라(peripera)', '홀리카 홀리카(Holika Holika)', '포렌코즈 (Forencos)' 등.

무언가를 모으고 애정을 쏟는 일은 좋다고 생각해.

김민철 작가님은 맥주를 마시고 병뚜껑을 모은다고 하더구나. 그것이 또 이야기가 되는 거지.

네가 모은 립스틱도 너의 이야기가 되길 바라며….

§

또 비가 내리는 아침이구나.

5월인데 장마가 일찍 시작된 듯해. 기후변화가 온 거야. 작년에도 어마어마한 비가 내렸지.

기후변화 대응으로 개인의 행동이 변화되어야 한다고 생각해. 우리 집은 재활용 쓰레기가 엄청 나와서 문제야. 재활용 쓰레기랑 택배도 줄이고 배달 음식도 줄여 보자.

조금씩 실천해 나가는 거야.

이제 토마토랑 아보카도로 과카몰레를 만들어 볼까 해.

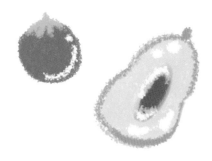

§

오늘도 비가 내리는구나. 천둥과 번개도 동반한 비가 말이야.
독서 모임 나가야 하는데 잘 다녀올 수 있을지 걱정이 되지만
힘차게 다녀올게.

요즘 소화도 잘 안되고 살도 조금 쪘어. 그래서 다시 1일 1식을
해 볼까 해.

어제 오후엔 와인을 한잔하며 생각했단다.
'술을 선택하는 데에도 그 사람의 삶이 보이니 좋은 술을 선택
하면 좋겠다.'라고.

§

여유로운 토요일 아침이구나.

어제는 나의 글로 책을 직접 만들어 보고 싶어서 예쁜 색지도 구입하고 색지 크기에 맞게 글도 편집해 보았지.

공지영 작가님의 『딸에게 주는 레시피』라는 책에서 "너는 얼굴 작은 타조가 예쁘니, 얼굴 큰 수사자가 예쁘니? 어떤 사람들은 타조가 예쁘다고 할 수도 있지만 나는 얼굴 큰 수사자가 더 멋있어."라고 말하는 친구를 만나라고 하더구나.

너의 있는 모습 그대로를 사랑할 줄 아는 친구나 배우자를 만나길 바란다.

§

책을 예쁘게 잘 만들었더구나. 유니크한 우리만의 책이 될 듯 해.

훗날 열 커피 가게도 유니크함과 심플함을 추구할 거야. 메뉴를 딱 세 개만 하는 거지. '아메리카노', '카페라떼', '오늘의 커피' 이렇게 말이야.

메뉴를 심플하게 함으로써 집중을 하는 거지.
거리마다 카페들이 넘쳐 나고 비슷한 메뉴들이 한가득이어서 메뉴판 보는 데에 현기증이 날 지경이라 이런 전략을 세워 보는 거란다. 유니크한 가게는 계속 연구해 봐야겠다.

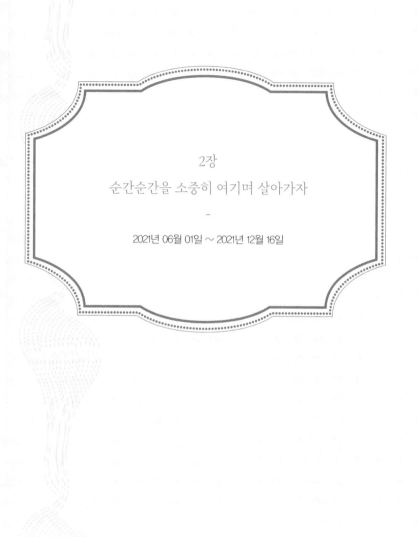

2장

순간순간을 소중히 여기며 살아가자

-

2021년 06월 01일 ~ 2021년 12월 16일

2021년 06월 01일 화

§

벌써 6월 첫날이구나.

어제는 라다크 사람들의 이야기가 나오는 『오래된 미래』를 읽었어.
이런 구절이 나오더구나. "일이 이렇게 되어야 한다는 생각에 집착하는 대신 기쁜 마음으로 모든 일을 있는 그대로 받아들이는 그들의 모습은 정말 축복받은 듯한 느낌을 준다."

엄마도 라다크 사람들을 본받아서 모든 일을 있는 그대로 받아들이려고 해. 그것도 아주 기쁜 마음으로 말이야.

§

<Gymnopedie No.1> 음악이 흐르는 아침이구나.

독서 모임이 참으로 좋아. 올해 3월부터 시작해서 열두 권을 완독했어. 집에서 혼자 읽었다면 해내지 못했을 거야. 함께하는 시너지가 있으니까 해낼 수 있었던 거지.

어제 네가 '통일문예대회'에서 포스터 그리기 상을 타 왔더구나.
나는 학창 시절 글짓기상을 많이 탔는데, 너는 그리기 상을 많이 타 오네.

미래에 네가 잘하는 것으로 업을 삼았으면 한다.

진정한 성공은 하고 싶은 일을 하는 삶이 아니라 하기 싫은 일은 안 해도 되는 삶이다.

— 홍정욱, 『50 홍정욱 에세이』

나도 20대에 단지 돈을 벌기 위한 수단으로 하기 싫은 일을 몸 상해 가며 했단다.

네가 가진 재능으로 하고 싶은 일 마음껏 하며 살아가되 하기 싫은 일은 안 해도 되는 삶이길 바란다.

§

오늘은 스페인 요리 '감바스 알 아히요'를 해 먹고 오후에 글을 쓰고 있어. 글쓰기가 루틴이 되어서 참으로 기뻐.

요즘 읽고 있는 홍정욱 님의 『50 홍정욱 에세이』에서 "잘 짜인 루틴은 시간과 의지, 절제와 긍정의 자원을 활용하게 하며, 정신적인 에너지에 리듬을 더하고 감정의 폭주를 제압하는 역할을 한다."라고 하네.

마음을 평온하게 유지하기 위한 수단으로써라도 루틴이 있어야 한다고 생각해.
그럼 이제 책을 몇 권 챙겨서 카페로 가야겠다. 거기서 차 한잔하며 독서에 집중해 봐야지.

2021년 06월 06일 일

§

<꽃>이라는 음악이 흐르는 일요일 아침이구나.

멍하게 커피를 마시고 있는데 신혼 때 교통사고 난 기억이 스쳐 지나가네. 그때 대구로 내려가는 경부고속도로를 달리고 있다가 앞차가 갑자기 서는 바람에 사중 추돌이 났단다.

그렇게 교통사고가 나고 한 달 동안 병원에 입원했다가 네가 뱃속에 들어온 것을 알았지.

파도는 그냥 치지 않는다. 어떤 파도는 축복이다.
— 류시화, 『좋은지 나쁜지 누가 아는가』

교통사고라는 파도가 있었지만 축복처럼 네가 왔어.

2021년 06월 09일 수

§

요즘 나의 마음은 참으로 흐뭇하단다.

대게 행복할 줄 아는 사람들은 그 순간의 찬란함을 놓치지 않는 사람
이니라.

— 여행자May, 『반짝이는 일을 미루지 말아요』

그래, 이 순간을 간직할 거야. 네가 주는 순간순간의 행복을….

§

자신이 할 수 있는 모든 일을 다 하고 겸허하게 그 결과를 초월자에 게 내맡긴다면, 종교적 정신은 충분히 인문적 정신과 양립 가능하다. — 강신주, 『철학이 필요한 시간』

요즘 지필고사 준비하느라 마음이 많이 힘들지?
며칠 전에 네가 그랬지, '시험 망칠 거 같다'고.

최선을 다해서 공부했고 거기에 네가 만족했다면 결과에 너무 연연하지 말자. 좋은 성적이 나와도 나쁜 성적이 나와도 일희 일비(一喜一悲)하지 말자.

§

비 내리는 금요일 아침이구나.
나의 뮤직 어플에서도 이영훈의 <비 내리던 날>이라는 음악
이 흐르고 있어.

어제는 집안일을 많이 했어. 냉장고 청소, 안 보는 책 정리하
기, 이불 빨래 등등.

집안일을 많이 해서 그런지 밤에 잠이 오지 않아서 남편한테
"잠이 너무 안 온다." 그랬더니 네가 소중하게 여기는 '고미인
형'을 들고 뛰어와서는 그걸 나에게 주면서 함께 코~ 자라고
해 주었지.

마음이 흐뭇했단다.

걱정해 주어 고마워.

§

점심을 먹고 난 후 여행 서적을 읽는데 쿠바에 대해 나오더구나.

예전부터 쿠바 '말레꼰 비치'에서 노을 지는 풍경 보는 것이 소원이었는데….

우리 코로나 끝나면 쿠바에 놀러 가자.

거기에는 살사 댄스도 유명하다던데 한번 배워 보고 싶구나.

생각만 해도 즐겁다.

§

일요일인데 늦잠을 안 자고 새벽 5시 30분쯤에 일어났네.

어제는 수원에 있는 헌책방 '오복서점'에 가서 헌책을 팔았지.

책을 정리하고 나니 복층에 자꾸만 올라가고 싶구나. 오늘 아
침에도 잠시 올라갔다 왔어.

참, 그리고 우리 둘만의 강릉 여행을 계획하고 호텔이랑 기차
표를 예매했어.
여행은 계획 세울 때 가장 설렌다는 거, 아니?

§

지필고사를 무사히 끝내고 즐거워하는 네 모습이 보기 좋구나.

모든 과목을 다 잘 치른 건 아니지만, 중학교 입학해서 처음 친 시험인데 잘 해냈다는 생각이 든다. 오로지 학교 수업만으로 해내는 네 모습이 자랑스럽다. 수행평가 점수도 몇 과목 빼고는 대부분 만점이니….

그래서 깜짝선물로 '폴라로이드 카메라'를 준비했어. 사진 찍는 걸 좋아하는 네게 딱 맞는 선물이라 생각해. 이 카메라는 진짜 찍고 싶은 딱 한 장의 소중한 한 컷을 담아야 하지.

햇살 좋은 오후에 출사를 나가 볼까.

§

칼 세이건의『코스모스』를 읽고 있는데, 조 트리오의 <눈물 내리는 날>이 흘러나오더구나.
그러면서 머릿속에서는 소중한 추억이 필름처럼 지나갔지.

내가 대학 진학을 또래 친구들보다 몇 년 미루었다는 거 알고 있지?
어느 날 대학이 가고 싶어져서 대구에 있는 '진학학원'이라는 입시 학원에 들어갔단다. 거기서 외롭게 공부하던 어느 날, 반가운 친구가 나를 찾아왔지.

우리는 학원 앞에 있는 작은 카페로 갔는데 그 친구가 음악을 담는 카세트테이프에다가 음악을 잔뜩 녹음해 왔더라. 그리고 카페 사장님한테 녹음한 음악을 틀어도 되냐고 양해를 구한 후 음악을 들려주었어. 그 음악 중 하나가 <눈물 내리는 날>이었지.
아주 달콤한 시간이었단다.

오늘 새삼 그 친구가 그립네. 그리고 고마운 마음이 가득 들어. 지금은 연락이 끊어졌지만, 우연히 다시 만난다면 그때의 고마움을 전하고 싶어.

너에게도 이런 아름다운 우정이 생겼으면 좋겠다.

다시 『코스모스』를 읽어 볼까 해.

§

방학식하고 일주일이 지났구나. 요즘 무척 덥지?

요즘은 모닝커피를 복층에서 마신단다. 창문을 열어 놓고 선풍기를 틀고 있으면 어느 정도 견딜 수 있거든. 여름엔 복층이 찜통이라서 올라가기 꺼렸는데, 복층을 정리하고 나서부터는 자주 올라가네. 거기서 아주 두꺼운 책 『파타고니아 이야기』를 읽곤 하지.

야옹이 리리랑 네가 낮잠을 자는 이 오후에 글을 쓰니까 또 색다른 느낌이 있구나.

다들 코~ 자니까 엄마도 잠 온다.

§

오늘 아침 바람결이 달라졌음을 확연히 느꼈단다. 이제 서서히 가을이 오고 있구나.

사계절 중 봄과 가을을 좋아하는데, 특히 낙엽이 쌓이고 스산한 바람이 부는 가을을 더 좋아하는 거 같아.

휴가 때 경기도에서 '기본소득'에 대한 주제로 공모전 공고가 내려왔지. 그냥 지나치려다가 네가 응모하면 좋을 거 같아서, "한번 해 볼래?" 하며 권했는데 흔쾌히 응해 주어 고마워.

결과에 상관없이 한번 도전해 보렴.

2021년 08월 22일 일

§

기본소득 공모전 응모도 하고, 강릉으로 여행도 다녀왔네.
강릉 여행에서 엄청 웃고 즐기는 네 모습이 참으로 좋았어.

계획이 살짝 어긋나기도 했지만 아주 즐거운 여행이었지.
서울역으로 가는 2층 버스를 타는 행운부터 여행 끝까지 모든
것이 좋았단다.

서울역에 있는 토끼정에서의 맛난 점심, 강릉 관광호텔, 저녁
을 아주 근사하게 먹은 비로소시, 그 식당에서 먹은 우동이 너
의 최애 우동이 되었지. 그날 속도 안 좋고 두통이 있던 나는
거기 음식을 먹고 싹~ 나았지.

항상 네 편인 엄마가

네가 엄청 가고 싶어 했던 한톨상점, 임시 휴업으로 전시를 못 본 강릉시립미술관, 아무 생각 없이 갔었지만 아주 큰 추억을 안고 온 강문해변. 그 해변의 오리 상점. 오리 상점은 정말 생각지도 않은 행운이었지.

첫날 저녁 식사 후, 호텔로 가다가 우연히 발견한 옷 가게.
오늘 그때 산 옷들만 따로 세탁을 해서 행거에 거는데 아주 흐뭇한 미소가 지어졌단다.

이제 내일이면 개학이구나. 2학기도 건강하게 학교 잘 다녔으면 좋겠다.
그러고 나서 겨울방학이 오면 또 기차 타고 여행 가자.

§

오늘은 코로나 예방 접종을 하는 날이야. 예방 접종 전 1시간이
얼마나 긴지….
온갖 생각이 다 들더구나. 그래서 SNS에 글을 올렸지. 소소한
삶에 감사하는 글을.

그리고 네게 메시지를 보내는데 눈물이 핑 하고 돌았지.
사랑하는 내 딸, 진짜 많이 사랑해.

우리 살아가는 동안 더욱 감사하고 순간순간을 소중히 여기며
살아가자.

항상 네 편인 엄마가

§

10월 1일에 아버님이 하늘나라로 가셨지. 네가 의연하게 영정 사진 담당도 하고 장례식장에서도 잘 지내 주어 고맙구나. 문득문득 아버님이 생각나고 그립고 그렇단다.

아버님이 돌아가신 날 이후로 신기한 일이 많았지. 해인사에서 내려올 때 아주 잠깐 본 무지개며 쌍네잎클로버, 숫자 4로 얽힌 이야기들.

집에 돌아와서 읽은 무라카미 하루키의 『바람의 노래를 들어라』에서 "이제 아무것도 생각하지 말자. 이미 다 지나간 일이잖아."라는 말이 나왔지. 책이란 참으로 신기하단다. 상황에 맞게 위로를 주기도 하니까.

§

10월의 마지막 날을 춘천에서 보냈지.

더 잭슨 나인스 호텔, 공지천, 카페 설지, 자전거로 둘레길 돌기. 많은 추억을 쌓았구나.

카페 설지에서는 수원 교인들의 소식을 들었지. 그중 한 언니가 암으로 하늘나라에 갔다는 소식에 마음이 울적하더구나.

요즘은 '죽음'에 대한 소식이 많이 전해져 오네. 죽음에 대해서 의연해져야 하는데….

그래, 주어진 삶 속에서 기쁨을 발견하고 늘 감사하면서 살자. 그것이 최선일 듯해.

항상 내 편인 엄마가

§

11월 마지막 날이구나.

요즘 괜히 울적해서 네가 하교하는 시간에 맞춰 학교 앞에도 가 보고 그랬네.
갑자기 나타나서 깜짝 놀랐지? 함께 노브랜드에 가서 쇼핑도 하고 잠깐이었지만 기분이 좋아지는 시간이었어.

오늘은 빡독[3]을 마지막으로 하자고 했어. 책이 안 읽히기도 하고 너에게 더욱 신경 써야 하는 시기이기에 잠시 쉬는 것도 나쁘지 않겠다고 생각했지.

---

3) 빡세게 독서하자 줄임말.

겨울 지나고 봄이 오면 우울감도 서서히 사라지겠지. 설레는 마음으로 활기를 되찾을 거야. 꽃잎이 흩날리고 봄 햇살이 따스하게 피어오르는 봄을 가을만큼 좋아하니까.

2021년 12월 03일 금

§

햇살이 따사로운 오후다.

어제부터 많이 울적했단다.
만약, 남편이 아파서 우리 곁을 떠난다면 '살아갈 수 있을까?'
하는 물음에….
다음 주에 조직검사 결과가 나온다 하는데 그것도 걱정이다.

나약한 모습 보여서 너무나 미안하구나.

2장 순간순간을 소중히 여기며 살아가자   121

§

지난번엔 우울감이 심했지. 이젠 좀 나아졌어.

지난주는 바쁘게 지냈더니 우울할 겨를이 없었지.
정원이 아름다웠던 '티 하우스 에덴'에서 햇살 맞으며 도란도
란 이야기 나누던 시간, 수원 친구들과 브리스에서의 즐거운
식사. 그리고 루치아 언니의 보르도 아줌마 와인숍 방문으로
바쁜 날들을 보냈지. 또 다음 주 목요일엔 수원에 있는 로마 경
양식에서 약속이 있단다.

그렇게 지내고 나면 올 한 해도 지나가겠지.
내년에는 덜 우울하면서 바쁘게 지낼 만한 것들을 찾아봐야겠
다.

항상 네 편인 엄마가

3장

너를 응원하며…

-

2022년 01월 20일 ~ 2022년 10월 02일

§

'몬테로이' 모델 하우스 입장 예약을 끝내고 얼마 안 있어 예약이 마감되더구나. 역시 인기 있는 아파트야. 오랜만에 설레는 마음이 드네. 새 아파트에서 새롭게 시작하고 싶구나. 집안 물건도 간소하게 두고 말이야.

그때쯤이면 너는 대학생이겠네. 네가 원하는 길을 걸으면 좋겠다. 봉사 활동을 하면서 네가 잘할 수 있고 재미나는 일을 발견했잖아.

너의 꿈을 응원하며 글을 마칠게.

§

2월 중순쯤 너와 함께 경주 황리단길을 다녀왔고, 3월 초 수원 지인들과 또다시 경주에 다녀왔구나. '마제소바'같은 색다른 음식도 먹어 보고 재미있는 시간이었지. 소소한 기쁨을 준 소품 가게들도 좋았단다.

우리가 함께 갔을 때는 비가 살짝 내려서 우산을 쓰고서 황리 단길 여기저기를 쏘다녔지.

그리고 네 외할머니도 함께 모시고 간 여행이라 더욱 신나는 여행이었어. 경주에서 태어나고 자라신 분이라 경주에 간다 했을 때 별로 흥미가 없으셨던 네 외할머니는 변화된 풍경에 엄청 놀라는 기색이었지.

항상 네 편인 엄마가

한참을 머물렀던 소품 가게 나그놀, 한옥 카페 미실, 저녁에 너랑 둘이서만 간 시카고포스트. 수원 지인들과는 수플레 맛집인 훌림목, 접시를 샥샥 비웠던 오스테리아밀즈.

같은 경주 여행이었지만 코스는 약간 다른 여행이었기에 와닿는 느낌도 다르더구나.

같은 책을 여러 번 읽을 때의 느낌도 마찬가지란다. 두 번, 세 번 읽었을 때 오는 감동이 다르지. 여러 번 읽은 책으로는 『호밀밭의 파수꾼』이야. 처음에는 책장이 넘어가질 않아서 힘들었고, 두 번째는 책장은 넘어가는데 무슨 이야기인지 모르겠다가 세 번째부터 감동의 물결이 전해지더라.

이렇게 책이나 음악, 여행을 여러 번 읽고, 듣고 해 보렴. 네게
전해지는 감동의 깊이가 그때마다 다를 거야.

§

벌써 3월 마지막 날이네. 너에게 글을 쓴 지도 1년이 다 되어 가는구나.
오늘 그냥 멍하니 있다가 글을 써야겠다는 생각에 노트북을 열었어.

3월에는 가족들이 번갈아 가며 아팠구나. 약속들은 줄줄이 취소되고 집에 있는 날이 많았지. 그런 생활 가운데 소소한 기쁨도 있었어. 커스텀 커피를 집까지 가져다주는 이벤트를 하는 친한 언니도 있었고, 남편 회사에서는 과자 자판기와 한라봉이 왔지.

내일이면 4월 첫날이야.

여러 가지 다짐을 해 본다. '운동하기, 쇼핑 줄이기, 배부르게 먹지 않기.'

나 자신을 한번 믿어 보기로 하고 글을 마친다.

§

4월 첫날이다.

일어나자마자 오메가3랑 비타민을 챙겨 먹고 커피 한잔하며 노트북을 열었어.

요즘 『나에게 고맙다』를 읽고 있는데 마음에 드는 글이 있어 나누고자 해.

"사소한 일상에서 낭만을 발견하는 연습을 하자.", "작은 감성 가득한 하루를 보내자."

마음에 와닿는 글귀는 일상에서 낭만을 발견하자는 글이야.

매일 똑같이 흘러가는 일상 속에서 낭만을 발견하는 거. 멋지지 않니?

§

바람도 적당히 부는 햇살이 좋은 토요일 아침이다.

코로나 시국에 맞게 성당에도 변화가 오더구나. 성당에 모여 미사를 못 드리니 처음에는 미사 영상을 찍어 올렸단다. 그 영상으로 각자 미사드리기도 하다가 지난주부터는 라이브 방송으로 미사를 드렸지.

어제는 외할머니에게 이모티콘을 선물하는 네 모습을 보며 흐뭇하게 웃었단다. 조만간 '딸기라떼' 쿠폰도 보내 드려야겠다. 어제저녁 산책하면서 너와 함께 동네 카페에서 딸기라떼를 먹은 사진을 보냈더니 은근 부러워하는 눈치였거든.

지금 커피 믹스를 한잔했는데, 맛이 부드럽고 좋네.

다음에는 '블루보틀 드립 세트'로 드립 커피를 내려서 마셔야

겠다.

§

오늘은 네가 꼭 읽었으면 하는 글을 인용하면서 글을 써 볼까
해.

> 내적으로 항복할 때, 저항하지 않을 때, 의식의 새로운 차원이 열
> 린다.
>
> ...
>
> 당신은 저항의 포기와 함께 오는 평화와 내적 고요 속에서 휴식한
> 다. 신 안에서 휴식하는 것이다.
>
> ― 에크하르트 톨레, 『삶으로 다시 떠오르기』

위의 글처럼 네게 안 좋은 일이 일어났을 때 저항하지 말고 그
대로 받아들인다면 내면 안에서 휴식할 수 있을 거야.

§

어제부터 두통이 조금 있네.

주말 나들이로 인천에 다녀왔지. 차이나타운에서 맛난 점심도 먹고, '탕후루'라는 명물도 맛보고. 너는 탕후루가 맛있었는지 두 번이나 먹고 집에 와서 또 만들어 먹었지. 하나에 2천 원 하는 특이한 팔찌도 사고. 재미있는 시간이었어.

가족이 함께 나들이 가는 시간을 만들어 주는 남편이 있어서 감사해. 그래서 오늘 아침엔 네 아빠 볼에 뽀뽀를 쪽~ 하고 해 주었어. 신혼 때부터 아침마다 남편에게 해 준 일이 양말 신겨 주기, 현관문 앞에서 뽀뽀해 주기였지. 최근엔 뽀뽀는 좀 생략 하고 그랬는데 오늘부터 다시 해 주었단다.

너도 이다음에 결혼한다면 이렇게 알콩달콩 살아가렴.

항상 내 편인 임마가

§

벚꽃이 피어나려는 봄날이다.

『나에게 고맙다』에서 이런 글이 나오더구나. "하고자 했던 일을 얼마나 오랫동안 지속해 오고 있는지. … 그 작은 시작을 통해 큰일이 이루어질 수 있다."라고.

매일 아침 너에게 쓰는 이 글을 지속하고 싶구나. 이 지속성이 나중에 큰일을 이루는 것이면 좋겠다.

§

전면 등교를 하니 여유로운 시간이 많구나. 그래서 어제는 헤어숍에 가서 커트를 했단다. 커트를 하며 원장님과 이런저런 이야기를 나누는데 나를 가꾸어야겠다는 생각이 들었어.

커트를 한 후, '동락커피점'에 가서 핸드 드립 커피를 마셨어. 드립해 주는 원두는 에티오피아 원두부터 케냐, 과테말라 등의 원두가 있더라. 어제는 가장 좋아하는 케냐를 마셨지만, 다음에는 과테말라 원두를 선택하기로 마음먹었지.

동락커피점을 다녀온 후, 이다음에 오픈할 카페에서도 핸드 드립은 꼭 해 봐야겠다고 생각했어.

요즘 수행평가 준비로 바쁘더구나. 열심히 하는 모습에 기특하기도 하고 염려스럽기도 하단다. 얼마나 힘들면 자퇴할까라는 생각도 하고 그러니? 속 시원하게 위로를 못 해 줘서 미안하구나.

§

드림 시어터(Dream Theater)의 <Hollow Years>가 흐르는 햇살 좋은 월요일 오후야.

주말 동안 '포켓몬 빵' 구하러 다니느라 즐거운 시간이었지? 허탕 치는 편의점도 있었고, 아무 기대도 없이 간 편의점에서는 구하기도 하는 행운을 누렸지. 포켓몬 빵 유행으로 네가 어릴 적에 사 둔『포켓몬 도감』도 꺼내 보고 추억에 잠기는 시간을 가져 보았네.

벚꽃이 팝콘처럼 꽃잎을 팡팡 터트렸어.
마음이 살짝 설렌다.

요즘 편의점을 자주 가니 최근에 읽은『불편한 편의점』에 나오는 글을 인용하고 글을 마칠까 해. "행복은 멀리 있지 않고 내 옆의 사람들과 마음을 나누는 데 있음을 이제 깨달았다."

§

뉴 트롤즈(New Trolls)의 음악이 웅장하게 울리는 아침이다.

<Adagio> 곡의 가사를 잠시 적어 볼게.

To die, to sleep, may be to dream
(죽는 것, 잠자는 것, 어쩌면 꿈을 꾸는 것일지도 모릅니다)

가사가 너무 좋지 않니? 오늘 이 곡을 무한 반복으로 들어야겠
다.

나이가 들면서 죽음에 대한 두려움이 생겼어. 하지만, 그러지

말자.

지금 내게 주어진 삶을 온전히 누리고 즐긴다면 죽음 또한 즐거운 것 아닐까.

'Memento Mori.' 즉, 자신의 죽음을 기억하라는 이 말을 늘 새기며 살기 바란다.

§

비 내리는 수요일이다.

너는 대중음악에 관심이 별로 없는 듯하네. 나도 중, 고등학교 시절에는 음악에 관심을 두지 않았다가, 대학생 시절 CCM*에 심취했지. 40대가 넘어 인디 음악, 프로그레시브 록(progressive rock)을 좋아하게 되었구나.

이런 취향을 갖게 된 연유에는 성장기 다녔던 교회 선배들 영향이 깊었던 거 같아.
그 시절 롤 모델이라고는 그들뿐이었으니.

4)   Contemporary Christian Music은 현대 기독교 음악이며 종교적 메시지를 담은 음악이다.

너의 롤 모델은 '스티브 잡스'인데 잡스는 어떤 음악을 즐겨 들었을까….

§

오늘 아침에는 알렌 워커(Alan Walker)의 <Faded>가 흐르는구나.

'빛바랜'이라는 뜻을 가진 'faded' 단어를 좋아하지. 하지만, 아주 어린 시절에 있었던 일도 거의 기억하고 있어서 마음이 힘들기도 해. 기억을 붙들고 있으면 계속 과거에 얽매이게 되지. 그러니까 특히 나쁜 기억들은 훌훌 털어 내고 더 나은 미래로 나아가 보는 게 어떨까.

내일은 수원 지인들을 만날 예정이야. 그들은 감수성 넘치는 나의 분위기를 아주 좋아하거든. 아이보리색 플리츠 스커트에 자라에서 구입한 핑크색 실크 블라우스를 입고 가야겠다.

오늘 <My dream>이라는 제목의 영작문 수행평가가 있는 날이지.

좋은 결과가 있을 거야.

§

헬스클럽 등록할 생각에 지난밤 잠까지 설쳤구나.

요즘 일상이 너무 지루하게 흘러가고 있었어. 그래서 어딘가에 소속되어 매일 나가는 루틴이 있어야겠다고 생각했지. 운동한다고 해서 글쓰기가 뒤로 밀려나는 건 아니야.

이제 슬슬 화장도 하고 예쁘게 옷도 입어 볼까 해.

§

어제는 수원 지인들과 즐거운 시간을 보냈단다. 새로운 지인
도 만나고 좋은 시간이었지.

이런 만남을 가지면서 다시 한번 '말조심'에 대해 생각하게 됐
어. 상대방을 배려하지 않는 말은 해서는 안 되겠다는 다짐을
했어. 그리고 강한 멘털과 단단한 마음의 근육을 길러야겠다
고 생각했지.

§

침묵해야 할 때 입을 열면 생길 수 있는 파장을 항상 염두에 두어
야 한다.

　　　　　　　　　　　　　　　－ 로버트 제누아, 『당신의 입을 다스려라』

어제 말조심에 대해 이야기한 데 이어 글을 써 볼까 해. 위에
인용한 글처럼 내가 던진 말 하나로 인해 생길 수 있는 '파장'
을 마음속에 늘 간직하렴.

비가 내리더니 벚꽃이 금방 떨어지네. 벚꽃의 아름다움을 즐
기기엔 시간이 너무 짧아서 늘 아쉽구나.

§

살면서 만나게 되는 누군가가 나를 흔든다 해도 그때마다 내가 흔들
리길 바라지 않는다.

— 이진이, 『나만 괜찮으면 돼, 내 인생』

엄마가 가장 싫어했던 말, "너 왜 이렇게 살쪘니?"
이제는 웃으면서 넘길 수 있을 거 같아.

이번 주 토요일에 이종사촌 동생이 결혼식을 해. 처음엔 가기
싫었는데, 이제 가야겠다는 마음을 먹었어. 살쪘다는 소리 좀
들으면 어때, 다시 다이어트해서 예뻐진 모습 보이면 되지.

위의 글처럼 내가 흔들리지 않으면 돼.

§

카인드 짐에 헬스 등록을 하고 1시간 넘게 운동했더니 땀이 흠뻑 나더구나. 기분이 날아갈 듯 좋았어. 여러 가지 걱정은 할 필요가 없었는데, 괜한 걱정을 했지. 인바디 측정하면 어떡하나, 바디 프로필 찍자고 하면…. 걱정했던 부분들은 하나도 없었어.

하고자 했더니 길이 열리더구나. 예전에도 쥬네브 건물 9층에서 헬스클럽 광고를 보고 찾으려고 했지만 보이지 않았잖아. 그런데 어제 엘리베이터에 내리자마자 카인드 짐이 아주 친절하게 딱 보이는 거야. 참으로 신기했단다.

2022년 04월 21일 목

§

어제는 수원 지인들이 용인으로 와서 한바탕 놀다 갔어.
동락커피점에서 커피를 마시는데 커피 맛이 진짜 좋다며 감탄
하더라. 그리고 점심으로 먹은 덴부라 자루소바와 하이볼. 양
은 적었지만 깔끔한 맛에 모두 좋아했단다.

지인들과 함께하는 시간은 참으로 소중해. 이렇게 어울려 놀
수 있는 친구들이 있다는 것에 감사하는 하루였어.

우리는 모두 가능성을 가지고 태어났다. 우리는 서로를 통해 배운다.
— 나이키 광고에서

지인들과 만나는 것은, 어쩌면 서로를 통해 배우기 위함이 아

닐까.

§

글이 안 써져서 잠시 딴짓을 하고 왔어. 커피도 한잔하고 책도 조금 읽고, 친구들에게 안부 인사도 돌렸어. 오늘의 안부 인사는 '소소한 일상 속에서 즐거움과 감사함 잃지 말기'야.

월요일부터 운동하는 루틴이 생기니 하루가 바쁘면서 알차게 지나가네.
이런 소소한 일상을 즐겁고 감사하게 살아야지.

§

어제는 이종사촌 동생이 결혼하는 날이었지.

아침부터 예쁘게 차려입느라 분주했지. 헤어스타일을 이렇게 하고 저렇게 하고.

요즘 살이 많이 쪄서 외출하는 데 큰 용기가 필요했단다. 그런데, 아무도 내게 살쪘다는 말은 안 하더라. "어느 멋진 사람이 오는가 했다."라고 이모가 한 말에 왈칵 눈물이 날 뻔했지. 그리고 친척들이 나를 많이 안아 주었어.

결혼식 다녀오고 나서는 '참석하길 잘했다.'라는 생각이 들었어. 그동안 연락 뜸했던 사촌을 만나 연락처를 주고받으며 강남에서 얼굴 보자는 약속도 하고 친척 어르신들에게 인사를 드리고 나니 그런 생각이 들더구나.

§

지난밤 봄비가 내렸구나.

<초심>이라는 음악을 듣다가 신영복 교수님의『처음처럼』이
생각나서 복층에 올라갔더니 책이 있더구나.

산다는 것은 수많은 처음을 만들어 가는 끊임없는 시작입니다.
— 신영복,『처음처럼』

너무나 좋지 않니? 수많은 처음과 끊임없는 시작이라는 글귀
가.

2022년 04월 27일 수

§

지난주부터 엄마의 루틴이 하나 더 생겨서 매일이 알차게 돌아간단다.
아침마다 너에게 글을 쓰는 이 시간이 쉼터와 같구나.

SNS에 어제 인용한 글 '처음처럼'을 게시했더니 댓글 대부분이 그렇게 산다는 게 어렵다고 하네.
물론 매 순간 초심을 잃지 않고 살기란 어렵지. 하지만, 나는 '끊임없는 시작'에 초점을 맞추고 싶단다.

공부를 하거나 사업체를 운영할 때 처음의 마음가짐이 있지. 마음을 다잡고 열정적으로 시작했다가 어느 순간 매너리즘도 오고 그러지. 그럴 때 끊임없는 시작을 하는 거야. 공부 방식을 바꿔 보거나, 사업체를 리뉴얼해 본다든지 해서 선선함을 추가해 보는 거지.

엄마도 헬스 기구 하나하나 알아가는 재미를 소스 삼아 운동할게.

§

이번 주는 나의 생일 주간.
신혼 때부터 만든 것인데, 이번에 그리 강조하지 않았더니 식구들이 모른 채 지나가더구나.

생각해 보니 나는 무얼 만드는 걸 좋아했어.
스무 살 때는 교회 '동기 모임'을 추진했지. 그때의 슬로건이 '동기 사랑, 나라 사랑'이었단다.

지금 생각해 보면 너무나 유치하고 웃기지만 우리는 그렇게 친목 도모하는 걸 즐거워했지. 그리고 동기들과 모이기 좋은 레스토랑을 탐방했어.
그때의 기억으로 피식 웃음이 나네.

§

헬스클럽을 갈까 말까 고민하고 있는데 늘 엉뚱한 생각을 하는 '빨강머리 앤'이 생각났어.

그래서 『빨강머리 앤이 하는 말』을 꺼내 왔지. 얼마나 정성스레 읽었는지 색연필로 줄도 그어 놓고 예쁜 글씨로 발췌한 흔적도 있더라. 그리고 네가 그려 준 그림도 남아 있더구나.

글쓰기를 통해 추억이 깃든 책을 하나씩 꺼내 보는 재미가 쏠쏠하네.
자, 이제 앤이 어떤 말을 했는지 살펴볼까?

생각대로 되지 않는다는 건 정말 멋져요. 생각지도 못했던 일이 일어나는걸요.

— 백영옥, 『빨강머리 앤이 하는 말』

매일 똑같이 흘러가는 삶 속에서 생각지도 못했던 일이 일어나서 웃음 빵~ 터지길 바란다.

§

> 사랑과 행복은 비처럼 내려오는 감정들이다. 나의 의지로써가 아니
> 라 누군가 갑자기 연 커튼 너머 햇살처럼 쏟아져 내린다.
>
> — 김이나, 『보통의 언어들』

어제는 강남에서 이종사촌을 만나고 왔지. 서로의 삶을 이야기하며 하하, 호호 웃는 행복한 시간을 보냈단다. 위의 글처럼 행복이 햇살처럼 쏟아져 내리는 시간이었어.

오랜만에 강남을 나가니 옛 추억도 생각나고 그러더구나. 결혼 전에 뱅뱅사거리에서 살았거든. 그때는 교보문고에 슬리퍼 신고 다녀오고 했지.

요즘 말로 슬세권[5]에 살았네.

§

힙합스러운 인디 음악이 흐르는 아침이다.
한 손에는 '강릉커피'를 한 잔 들고서….

네 아빠랑 함께 자동차로 강릉으로 가려고 했었는데, 조금 늦게 나간 탓에 모든 길이 막혀 있더구나. 용인에서만 2시간을 뱅뱅 돌다가 끝내 기차 타고 너랑 둘이 가라고 했지.

나는 부랴부랴 기차표를 끊고 호텔에 늦게 도착한다는 연락을 한 뒤, 돌아오는 버스표를 예매했지. 저녁 8시 기차를 타고 밤 10시에 강릉역에 도착했지. 다행히 호텔이 기차역에서 걸어서 12분 거리여서 지도 앱을 켜고 호텔로 향했단다. 헤매지도 않고 단번에 호텔을 찾았지. 가로등도 없는 골목길을 씩씩하게 잘도 갔었지. 네가 휴대폰으로 불빛을 비추어 주어서 잘 갈 수 있었어.

호텔에서는 잠을 달게 잔단다. 꿀잠을 자고 난 후 욕조에 거품을 풀어서 목욕하고 침대에서 책을 읽는 행복감. 편의점에서 산 강릉커피가 참으로 맛있었던 그날의 아침이 기억에 남는구나.

지도를 검색해 보니 호텔에서 4분 거리에 있는 고래 책방이 나오더구나. 그리고 책방에서 9분 걸어가면 강릉여고 앞 버스 승강장에서 안목해변을 갈 수 있는 버스가 있다네. 이 정보로 일정을 짤 수가 있었지.

아무 기대도 없이 간 책방과 안목해변은 기대 이상이었지. 5층
으로 된 책방은 베이커리 카페를 겸하고 있어서 아침을 거기
에서 해결했어. 절판된 책도 구하고 '몽블랑'이라는 빵과 '고래
에이드'를 주문해서 3층의 멋진 조명과 소파에서 맛나게 냠냠
하였지. 그런 다음 504-1번 버스를 타고 안목으로 갔었지. 버
스에서 내리자마자 눈에 들어오는 소품 가게. 둘 다 엄청 좋아
했던 기억이 생생하구나.

소품 상점 두 군데에서 쇼핑을 하고 해변으로 가서 사진 찍고
놀다가 한식집을 갔지. 나는 들깨 미역국을 먹고, 너는 육개장
을 먹었어. 후식으로는 외관이 근사한 '로지커피'로 가서 우유
아이스크림과 에스프레소를 먹으며 한가한 시간을 보내다가

강릉 시외버스 터미널로 왔지. 시외버스를 처음 타 본 너는 아주 놀라워하더라. 넓고 푹신한 의자에, 잠을 잘 수 있게 켜 주는 은은한 조명까지….

이번 여행도 모든 것이 좋았구나.

§

어제 '행복'과 '불행'에 대해 이야기를 나누었지. 너의 내면에
불안이 존재할 줄 몰랐는데 알게 되어 마음이 조금 무겁구나.

행복할 때는 '감사'하며 살면 된다고, 만약 네게 불행이 닥쳐왔
을 때는 능히 감당할 힘이 생기니 걱정하지 말라고, 그때도 감
사한다면 불행은 훨씬 빨리 끝날 거라고 말해 주었지.

의미를 찾을 수 있는 고통은 추락이 아니라 재탄생의 순간이고 새로운
여행의 시작이다. 신은 구불구불한 글씨로 똑바르게 메시지를 적는다.
— 류시화, 『좋은지 나쁜지 누가 아는가』

항상 네 편인 엄마가

네 인생에 파도가 친다면 서핑을 즐기듯이 즐겨 보렴. 말처럼
쉽지 않다고?

§

어떤 절망 속에서도 분명 나를 살리는 상황은 찾아오기 마련이고, 옳은 길을 인도하는 이정표가 곳곳에 등장할 테니까.

— 안리타, 『한때 내게 삶이었던』

절망 가운데에서도 길을 안내하는 불빛이 너를 비출 테니 불안해하지 마.

항상 네 편인 엄마가

§

친구를 사귀는 일에서 배우자를 만나는 일, 그리고 멘토⁶를 정할 때 도움이 될 만한 내용이 있어서 다음 글을 인용해 본다.

> 당신이 추구의 길에 있을 때, 누군가가 자신이 모든 해답을 알고 있다고 말하면 그를 따르지 말아야 한다.
> — 류시화, 『새는 날아가면서 뒤돌아보지 않는다』

마음에 새겨 두길 바란다.

6월의 바람이 살랑대는 일요일 아침에.

---

6)   정신적, 내면적으로 신뢰할 수 있는 지도자.

§

비 내리는 수요일이구나.

오늘 단골 카페에서 에스프레소를 마시며『파리, 에스파스』를 읽었어. 책 속에 프랑스 뮤지션 세르쥬 갱스부르(Serge Gainsbourg)에 대한 글이 있어서 오후 내내 프랑스 뮤지션들의 음악을 들었단다. 비 오는 날과 딱 맞는 선곡이지.

카를라 브루니(Carla Bruni)의 음악을 들은 네가 '강물이 흐르는 것과 같다'고 말해 주어 놀랐단다.

기억나니? 어릴 적 예술의 전당에서 음악을 들으며 "어떤 느낌이야?"라고 물으면 감상평을 잘도 이야기하던 너의 모습이.

그때가 그립구나.

우리 여름방학 하면 버스 타고 예술의 전당으로 가서 하루 종일 놀다 오자. 터키 아이스크림도 먹고 한가람 미술관에서 전시회도 보고. 야외 음악 분수도 감상하고 말이야.

벌써 신난다.

§

기후변화로 일찍부터 덥구나. 폭염 경보가 뜨는 날이 계속되다니.

요즘 통 글을 못 썼네. 대신 매일 헬스 가고, 틈틈이 독서하고….

다시 독서 모임이 재개되어 호메로스의『오뒷세이아』를 읽고 있어. 그리고 틈틈이 읽은 소설은『책들의 부엌』이야.『오뒷세이아』는 혼자서는 읽기 힘들었는데, 함께 읽으니 읽어지더구나. 같이 신들의 이름을 훑어보기도 하고 말이지.

『오뒷세이아』에 이런 글이 나오더구나. "그들은 재앙이 우리에게서 비롯된다고 하지만 사실은 그들 자신의 못된 짓으로

정해진 몫 이상의 고통을 당하는 것이오."『책들의 부엌』에서는 "삶이란 결국 자신에게 맞는 속도와 방향을 찾아내서 자신에게 최적인 길을 설정하는 과정인지도 모른다."라는 글이 마음에 들어 잠시 적어 본다.

이제 서서히 여름방학이 다가오는구나.
여름방학 때 2학기 수학문제집도 풀어 보고 즐거운 시간도 가져 보자.

§

방학 기간이 짧아서 빠르게 지나갔구나.

그리고 어제는 좋은 소식이 전해졌지. 기본소득 포스터 공모전에서 네가 수상했다는 소식.

7월 말부터 대구에 내려가서 휴가를 보냈지.
바실라 카페에서 해바라기를 실컷 본 것과 감포 바닷가에서 발 담그며 놀았던 추억. 나정에서의 대게 코스 요리, 반야월의 연꽃단지를 걸었던 시간이 추억으로 남았구나.

그리고 '팀버튼 전시회'를 보았지. 작은 스케치 하나하나 자세히 보며 그 속에 담긴 이야기들을 캐내더구나. 별 감흥 없이 전시를 후딱 본 나와는 대조되게 말이야.

팀버튼 전시회에 대해 찾아보다가 발견한 글이 멋져서 잠시 적어 본다.

예술가라면 사물을 새롭게, 이상하게 바라볼 것을 언제나 기억하라.

2022년 08월 25일 목

§

처서가 지났는데도 날이 덥구나. 에스프레소 한잔하며 글을 써 본다.

요즘은 일어나자마자 씻고 커피 한 잔 들고 복층으로 올라가는 재미에 살고 있단다. 복층에 적당한 크기의 책상을 두고 거기 앉아서 글도 몇 자 쓰고 책도 읽고 그래.

오늘 아침에는 챌린지[7](Challenge) 할 목록을 적었어.

> 1. 옷이랑 가방 그만 구입하기.
> 2. 문구류 그만 사기.

---

7) 도전을 뜻하는 영어 낱말.

항상 네 편인 엄마가

3. 쓸데없이 카페 가지 않기.
4. 신발 그만 사기.
5. 저녁 안 먹기.

'안 해 본다'는 도전이야.

카드 지출은 줄이고, 저축을 늘려 보려 해.

2022년 08월 26일 금

§

어제부터 챌린지를 시작했으니 헬스 끝난 후 카페에 가지 않고 버스 타고 곧바로 집으로 왔단다. 버스 기다리며 자라 앱을 봤지만 쇼핑할 욕구는 생기지 않더구나.

이렇게 불필요한 지출을 줄이다 보면 돈은 금방 모일 거라 생각해.

예전 같으면 이렇게 한가한 오후, 책 한 권 들고 동네 카페로 갔겠지만 오늘부터는 복층에서 독서를 하려 해.

　　　항상 네 편인 엄마가

2022년 09월 16일 금

§

금요일 오후 홍차를 한 잔 마시며 글을 쓰는 이 시간이 참 좋구나.

요즘은 복층에서 아침을 시작하고 헬스클럽 다녀와서 차 한잔 하느라 또 올라오고, 하루를 마감하는 시간까지 복층에서 보낸단다.

오늘 읽은 내용 중 괜찮은 내용이 있어 잠시 인용해 볼게.

> 이 행성에 온 모든 아이가 치유자라는 사실을 깨달을 수만 있다면, 그리고 잘 격려해 주기만 한다면, 아이들은 인류 발전을 위한 놀라운 일을 할 수 있을 것이다. ─ 루이스 헤이,『하루 한 장 마음챙김』

§

9월 19일은 아버님이 돌아가신 지 1주기 되는 날이었지. 온 가족이 모여 제사를 모시고 음식을 나누었지.

돌아와서 또 일상을 살다 보니 컨디션이 좋지 않더구나. 그래서 어제는 '로만바스'에서 목욕을 했고, 오늘은 '묵리459'로 가서 바나나 츄러스 라떼를 마시며 힐링하고 왔네.

카페 묵리에서 추구하는 비움, 우주, 환기의 메시지가 마음에 쏙 들더구나. 그 카페에서 발행한 작은 책자에 이런 글이 있어 잠시 인용해 본다.

비워 내는 것, 참된 채움의 시작입니다.

항상 네 편인 엄마가

§

요즘 들어 마음이 좀 다운되는구나.
'내가 돈을 잘 벌 수 있을까?' 하는 고민으로 말이야.

그래서 오늘은 가게야마 도모아키의 『천천히 서둘러라』를 읽었어. "나는 평소 '비즈니스'와 '느림'의 중간이 좋겠다는 생각을 해 왔다."라고 저자는 말하네.

"시간을 들일 것, 수고를 들일 것, 주는 일을 할 것." 이 글이 가슴에 콕 와닿아서 빨간색 펜으로 메모장에 기록해 두었단다.

어제 읽은 『수요일의 커피하우스』에서 "태어나는 것도 우연, 살아가는 것도 우연의 연속이야. 어차피 우연의 연속인데, 굳

이 불안해하면서 시간을 쓸 필요는 없지 않을까?"라는 구절이 떠오른다.

책을 읽으며 내가 다운되었던 것도 마음속에 불안이 자리 잡고 있기 때문이라는 걸 알게 되었어. 바람결에 불안한 마음을 흘려보내고 평온함을 유지해 봐야겠다.

2022년 10월 02일 일

§

이제 너에게 쓰는 글을 마무리할까 해.

쿠바에 가서 춤을 추고 코스타리카에 가서 요가와 서핑을 하고 이탈리아에 가서 맛있는 걸 원 없이 먹고 이탈리아어도 배웠어요!
— 손미나, 『어느 날, 마음이 불행하다고 말했다』

삶에 지쳤을 때 과감히 여행을 떠나라고 말하고 싶구나. 엎치락뒤치락하는 여행 속에서, 네 마음속 어딘가에 무언가 반짝이며 빛을 내는 것이 있을 거야. 마음이 원하는 대로 반짝이는 빛을 좇아서 네 삶의 방향을 설정해도 좋을 거야.

1년 남짓한 기간 동안 너에게 들려주고 싶은 글을 쓰면서, 나도 함께 성장해 나가는 좋은 시간이었어. 인용할 글을 찾기 위해 서적을 뒤적거리고, 메모해 둔 수첩을 찾아보기도 하였단다.

모든 순간이 소중하구나.

부족한 글이지만 너에게 추억이 되고 지침서가 되길 바라며 글을 마친다.

글을 마치며

우울증이 심각할 때는 하루 종일 잠 속으로 나를 유폐시켰다.
먹는 것, 심지어 화장실 가는 것조차 힘들었다.
그나마 깨어 있을 때 할 수 있는 일은 뮤직 어플로 음악을 듣는
것이 전부였다.
진료실을 나온 후 글을 쓰고 싶은 나를 발견한 다음 내 삶은 달
라지기 시작했다.
설레는 감정도 일어났고, 루틴도 생겼으며, 글을 쓰기 위해 그
동안 읽은 도서들을 뒤적거리기 시작했다. 그러면서 활력이
생겨났다.

그때, 내게 질문을 던져 주신 의사 선생님께 무한한 감사를 드
린다.

참고 도서

가게야마 도모아키, 『천천히 서둘러라』(흐름출판)

강신주, 『철학이 필요한 시간』(사계절)

고솜이, 『수요일의 커피하우스』(돌풍)

공지영, 『딸에게 주는 레시피』(한겨레출판)

김면, 『파리, 에스파스』(허밍버드)

김민철, 『모든 요일의 기록』(북라이프)

김이나, 『보통의 언어들』(위즈덤하우스)

김지혜, 『책들의 부엌』(팩토리나인)

김호연, 『불편한 편의점』(나무옆의자)

레이철 조이스, 『뮤직숍』(밝은세상)

로버트 제누아, 『당신의 입을 다스려라』(바다출판사)

루이스 헤이, 『하루 한 장 마음챙김』(니들북)

항상 네 편인 엄마가

류시화, 『새는 날아가면서 뒤돌아보지 않는다』(더숲)

류시화, 『좋은지 나쁜지 누가 아는가』(더숲)

무라카미 하루키, 『바람의 노래를 들어라』(문학사상사)

묵리459 책자

백영옥, 『빨강머리 앤이 하는 말』(아르테)

손미나, 『어느 날, 마음이 불행하다고 말했다』(위즈덤하우스)

신영복, 『처음처럼』(랜덤하우스코리아)

신유진, 『몽카페』(시간의흐름)

안리타, 『한때 내게 삶이었던』(홀로씨의 테이블)

에릭 슈미트, 조너선 로젠버그, 앨런이글, 『구글은 어떻게 일하는가』(김영사)

에모토 마사루, 『물은 답을 알고 있다』(나무심는사람)

에크하르트 톨레, 『삶으로 다시 떠오르기』(연금술사)

엘리자베스 퀴블러 로스, 『인생 수업』(이레)

여행자May, 『반짝이는 일을 미루지 말아요』(알에이치코리아)

이진이, 『나만 괜찮으면 돼, 내 인생』(위즈덤하우스)

전승환, 『나에게 고맙다』(북로망스)

헤르만 헤세, 『데미안』(민음사)

헬레나 노르베리 호지, 『오래된 미래』(중앙북스)

호메로스, 『오뒷세이아』(숲)

홍정욱, 『50 홍정욱 에세이』(위즈덤하우스)

항상 네 편인 엄마가